サターンリターン

Saturn Return

Akane Torikai

2

Cast

Ritsuko Kaji

30 Jahre. Schriftstellerin, die seit ihrem Debut vor fünf Jahren nichts mehr schreiben kann und ihren Beruf mehr oder weniger aufgegeben hat. Wird gern als *Femme fatale* oder auch als *One-Hit-Wonder* bezeichnet. Verheimlicht ihrem Mann Kazufumi, dass sie die Pille nimmt.

Kazufumi Noda

36 Jahre. Ritsukos Mann. War früher in der Literaturredaktion eines großen Verlags Ritsukos Lektor und begann eine Beziehung mit ihr, obwohl er verheiratet war. Schied deshalb aus dem Verlag aus und heiratete Ritsuko.

Maki Omiya

Junge Frau ohne Job, die sich bei Koide eingenistet hat. Weigert sich hartnäckig, nach Hause zu gehen. Es gibt keinerlei persönliche Informationen über sie, aber angeblich ist sie Absolventin einer MARCH-Universität.

Acht Frauen

Diesen Frauen hat Aoi vor seinem Tod Mails mit Heiratsanträgen geschickt.

Shunpei Koide

26 Jahre. Hoch motivierter und etwas lästiger Literaturredakteur, der seit Kurzem für Ritsuko zuständig ist. Arbeitete davor für ein Klatschblatt. Spornt Ritsuko an, Nachforschungen über »Aois« Tod anzustellen.

Atsushi Nakajima

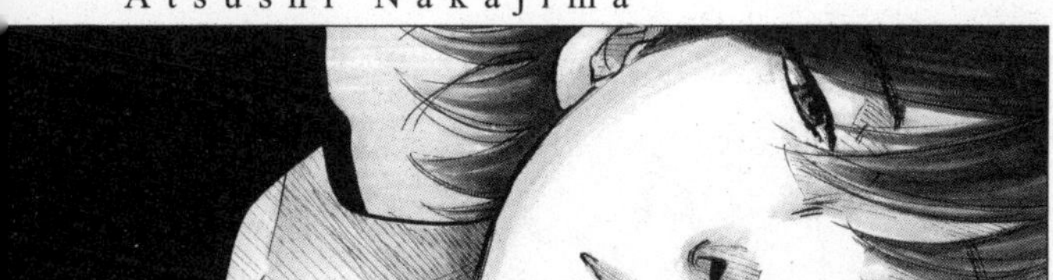

Kurz vor seinem dreißigsten Geburtstag begeht ein Freund von Ritsuko Selbstmord. Er ist das Modell für Aoi in ihrem Debutroman »Nap Land«. Dass er kurz vor seinem Tod Heiratsanträge verschickte, ist nicht das einzige Rätsel um seinen Suizid.

サターンリターン

Saturn Return

Inhalt

Kapitel 9

Ritsuko Kaji: Nap Land

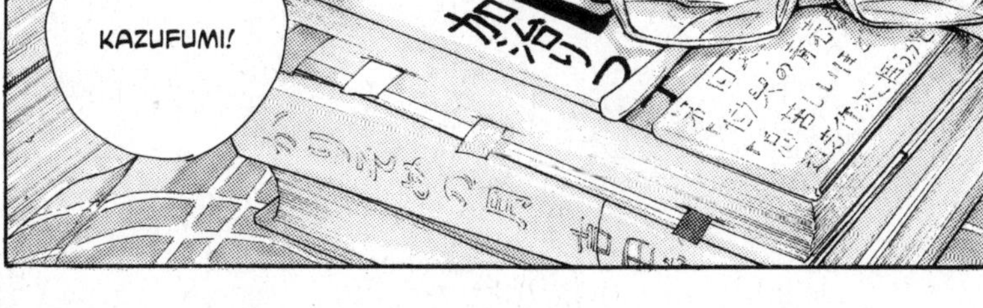

MH... AH! IST ES SCHON MORGEN?
ICH MUSS LOS! DENK DARAN ZU FRÜHSTÜCKEN!
DU HAST WIEDER EWIG GELESEN, STIMMT'S?
JA...
EIN JOB IM VERLAGSWESEN... SO IST DER NICHT GUT FÜR DEINE GESUNDHEIT!
DU BIST ZU BEWUNDERN, NAOKO!
AUCH HEUTE WIEDER PERFEKT GESTYLT!

* Elite-Uni in Tokyo

DU...
... KAZUFUMI...
DU WEISST JA... DU KÖNNTEST...
... AUCH DIE FIRMA MEINER FAMILIE IN NAGOYA ÜBERNEHMEN!
NEIN, ICH...
... WILL AUF KEINEN FALL DEINEM BRUDER IN DIE QUERE KOMMEN...
DAS IST DOCH UNSINN!
MEINE ELTERN WÄREN HOCHERFREUT ÜBER EINEN ELITEABSOLVENTEN WIE DICH!
UND WENN WIR EINES TAGES KINDER HABEN, WÜRDE ICH SICHER AUCH LIEBER MEHR ZU HAUSE SEIN...

JA... ALSO, WENN MIR...
... NACH KÜNDIGEN IST, REDEN WIR NOCH MAL DARÜBER.
OHA... SO SPÄT SCHON!
OKAY... GIB ERST MAL DEIN BESTES!
UND VERGISS NICHT ZU FRÜHSTÜCKEN, OKAY?
DANKE.
NAOKO... KANN ICH DICH NOCH ETWAS FRAGEN?
UM EINEM AUTOR MENSCHLICH NÄHERZUKOMMEN...

ICH... ICH MEINE, UM MEHR ÜBER...
... SEIN SEELEN-LEBEN ZU ERFAHREN ...
WIE KÖNNTE ICH DA VORGE-HEN?
AHAHA!
DAS IST DOCH GANZ EINFACH!
WENN DU WILLST, DASS SICH JEMAND ÖFF-NET, MUSST DU DICH ZUERST ÖFFNEN.

NODA!
DU KOMMST GAR NICHT MEHR ZUM REDAKTIONS-STAMMTISCH!
HALT DIR ZWEIMAL IM MONAT DEN MITTWOCH-ABEND FREI!
JA... ABER ICH DACHTE...
... ES SEI KEIN PROBLEM, WEIL ICH IN JEDER RE-DAKTIONS-SITZUNG BIN.
ES IST ETWAS AN-DERES, SICH TAGSÜBER OFFIZIELL ZU TREFFEN...
... ODER ABENDS BEI EINEM BIER ZU REDEN!
WIR SITZEN DOCH ALLE IM SELBEN BOOT!
WENN WIR UNS PRIVAT GUT VERSTEHEN, STEIGT DIE QUALITÄT DES MAGAZINS.

* Anrede für Künstler*innen

Kaji-san um 14:00 im Verlag

Ritsuko Kaji: Nap Land

DANKE FÜR IHREN ANRUF.
KAJI-SAN?! WAS IST LOS? WIR WOLLTEN HEUTE...
Es tut mir leid, Noda-san.
Ich habe gerade nicht so richtig Lust auf eine Besprechung...
WAS MÖCHTEN SIE DENN STATTDESSEN TUN?
...
Wie bitte?

WAS MÖCHTEN SIE GERN...
... STATTDESSEN TUN?
ALSO ICH WÜRDE JETZT GERN...
... DAS BÜRO VERLASSEN UND ANS MEER GEHEN.
Ja...
... ans Meer würde ich auch gern...

Katse-Enoshima

SIE SIND WIRKLICH GEKOMMEN!
AHAHA-HAHAHA!
海水浴場
入口
NATÜRLICH KOMME ICH.
ICH HATTE JA GESAGT, DASS ICH ANS MEER MÖCHTE.
Eingang zum Badestrand - Ostküste
BEEILEN WIR UNS!
EINEN SONNENUNTERGANG IM DEZEMBER AM MEER SIEHT MAN NICHT OFT!

SIND AUCH KEINE LEUTE AM STRAND.
JA...
SO WAS IST EXZENTRISCH, NODA-SAN.
VIELLEICHT...
... WOLLTE ICH JA NUR EXZENTRISCH GENANNT WERDEN.

ICH HABE STUDIERT, WIE MEINE ELTERN ES WOLLTEN...
... HABE ALLE ERWARTUNGEN ERFÜLLT, GEHEIRATET...
DASS ICH MIR DIESEN JOB AUSGESUCHT HABE...
... LAG VIELLEICHT DARAN...
... DASS ES IN MEINEM LEBEN DIE EINZIGE MÖGLICHKEIT WAR, EXZENTRISCH ZU WERDEN.
AH, ICH REDE GANZ SCHÖN VIEL ÜBER MICH, NICHT WAHR? TUT MIR LEID.
IRGENDWIE SIND SIE HEUTE...
NEIN, ES IST NUR... SIE SIND HEUTE GAR NICHT SO SPIESSIG...

NODA-SAN, ICH WERDE EIN BABY ABTREIBEN UND WEISS NICHT EINMAL, WER DER VATER IST.
ICH WAR ZUR UNTERSUCHUNG IM KRANKENHAUS.
WAS?
MAN KANN ES AUCH ÜBERTREIBEN MIT DER EXZENTRIK.
DAS BUCH SCHRIEB ICH NUR SO... ICH DACHTE ICH HÄTTE TALENT...
... UND KÖNNTE DURCH EINEN ROMAN JEMANDEM HOFFNUNG MACHEN ZU LEBEN...
DOCH AUCH NACH DEM UMZUG NACH TOKYO KANN ICH NICHTS MEHR SCHREIBEN...
... UND LETZTLICH KANN ICH NIEMANDEM DAS LEBEN RETTEN, SONDERN LÖSCHE AUCH NOCH EINES.

ZUM LACHEN, ODER?

Kapitel 9 / Ende

Kapitel 10

MÄRZ 2011
DING DOOOONG
DIE TÜR IST OFFEN!
ÄHM, KAJI-SAN ...
... DAS IST ABER ZIEMLICH UN-VORSICHTIG SO ZU BRÜLLEN...
WAH!
WAS HABEN SIE ALLES DABEI?!
WOW! IHR BAUCH IST GANZ SCHÖN GE-WACHSEN!
ICH BIN ENDLICH IN DER STABILEN PHASE!!

Kapitel 10

KOMMEN SIE DOCH HEREIN!
OKAY, DANKE ...
DIE TÜTEN BITTE IN DIE KÜCHE!
AH...
SEIT DEM TAG...
... AM STRAND STRAHLT SIE DIE STÄRKE EINER MUTTER AUS.
DIE LEUTE HIER IM HAUS DENKEN, DASS SIE DER VATER SIND!
EIN VATER, DER AAAAB UND ZU NACH HAU-SE KOMMT.
LUSTIG, ODER?
UND DANN WAR IHR SCHAF-FENS-DRANG...

... NOCH STÄRKER IN SCHWUNG GEKOMMEN, ALS ICH GEHOFFT HATTE...
ALS OB DIE MUTTERSCHAFT SIE ANSCHIEBEN WÜRDE.
WAS MEINEN SIE?
...
VORSICHTIG AUSGEDRÜCKT...
ES IST UNGLAUBLICH INTERESSANT!

WIE VIELE KAPITEL WERDEN ES UNGE-FÄHR?
DAS KANN ICH NOCH NICHT SAGEN...
DIESER MANN KOMMT MIT IHR ZUSAM-MEN UND...
OH, DAS KLINGT GUT!!

NODA!
DIR SCHEINT DIE ARBEIT RICHTIG SPASS ZU MACHEN!
LÄUFT'S GUT BEI DEINER AUTORIN?
UND OB! WIRD TODSICHER EIN HIT.
NA... DANN LASS DICH MAL...
... BEIM REDAKTIONS-STAMMTISCH BLICKEN!
DU, ICH BIN TODAI-ABSOLVENT UND DAVON ENTBUNDEN.
HE!!
FLATTER
カサ…

MS

Erdbeben-Eilmeldung:
Starkes Beben und Tsunami-
Warnung für Tokyo
強い揺れに
緊急地震速報
東北・関東に大きな津波
RUM

HAH...

HAH...
DING DONG
DING DONG
ICH BIN'S, NODA!!
GEHT ES IHNEN GUT, KAJI-SAN?

地震関連情報
AH, NODA-SAN!
ICH SITZE AN MEINEM MANUSKRIPT. HAB SIE GAR NICHT BE-MERKT!
ES HAT GANZ SCHÖN GEWACKELT, ODER?
ICH HAB SOFORT MEINEN BAUCH GESCHÜTZT, WIE ES SICH GEHÖRT!
HEHE...

IN SO EINEM MOMENT MÜSSEN SIE DOCH NICHT ARBEITEN!
KOMMEN SIE, WIR RÄUMEN DIE WOHNUNG AUF!
ICH HABE IM SUPERMARKT BESORGT, WAS ICH KRIEGEN KONNTE.
WENN ICH IN SO EINEM MOMENT NICHT WEITERARBEITEN WÜRDE...
... WÄRE ICH DANN NICHT EINE EINZIGE LÜGE?
SCHLIESSLICH HÄNGEN DREI LEBEN DAVON AB. IHRES, DAS VON MEINEM BABY UND MEINS!
SIE WIRD...
... IMMER STÄRKER, SO ALS WÜRDE SIE...
... ALLE SCHWIERIGKEITEN UND KATASTROPHEN...
... VERSCHLINGEN UND DADURCH IMMER GRÖSSER WERDEN.

BIS JENER TAG IM SOMMER KAM...
... EINEN MONAT, NACHDEM SIE DAS KIND ZUR WELT GEBRACHT HATTE.
KAZUFUMI... ICH SAGE DAS NICHT IM SCHERZ, OKAY?
MEINE FAMILIE LIEBT DIE IDEE!
UND WIR MÜSSEN DIE KINDER DENKEN.
AUCH WAS DIE UMGEBUNG BETRIFFT ...
DU SAGTEST DOCH NEULICH SELBST, DEINE ARBEIT SEI SINNLOS...
ES TUT MIR LEID, NAOKO.
ICH KANN DIESEN JOB NICHT AUFGEBEN.
ZUMINDEST NICHT IM MOMENT.

VVH
Neue Nachricht
Ich habe eine Mitteilung.
Ritsuko Kaji
Danke für ihr Verständnis. Die Klimaanlage ist aus...
... Energiegründen niedrig eingestellt.
KAJI-SAN HAT GESTERN...
... GAR NICHT GEANTWORTET. HATTE SIE KEINE ZEIT?
DER SÄUGLING...
... IST AM PLÖTZLICHEN KINDSTOD VERSTORBEN.

ES IST GANZ PLÖTZLICH PASSIERT...
MEINE MUTTER HAT SICH UM ALLES GEKÜMMERT ...
... DIE BESTATTUNG, DIE AHNENTAFEL USW....
GEHT ES IHNEN GUT?
JA, ICH KOMME KLAR.

ZIIIRP
NATÜR-LICH...
... GEHT ES IHR NICHT GUT.
ZIIIRP
BIIIEP
ZIIIRP
BIIIEP
KLACK

ICH HATTE ES VON ANFANG AN RICHTIG GESEHEN...

ALLES
WIRD
GUT!

Kapitel 10 / Ende

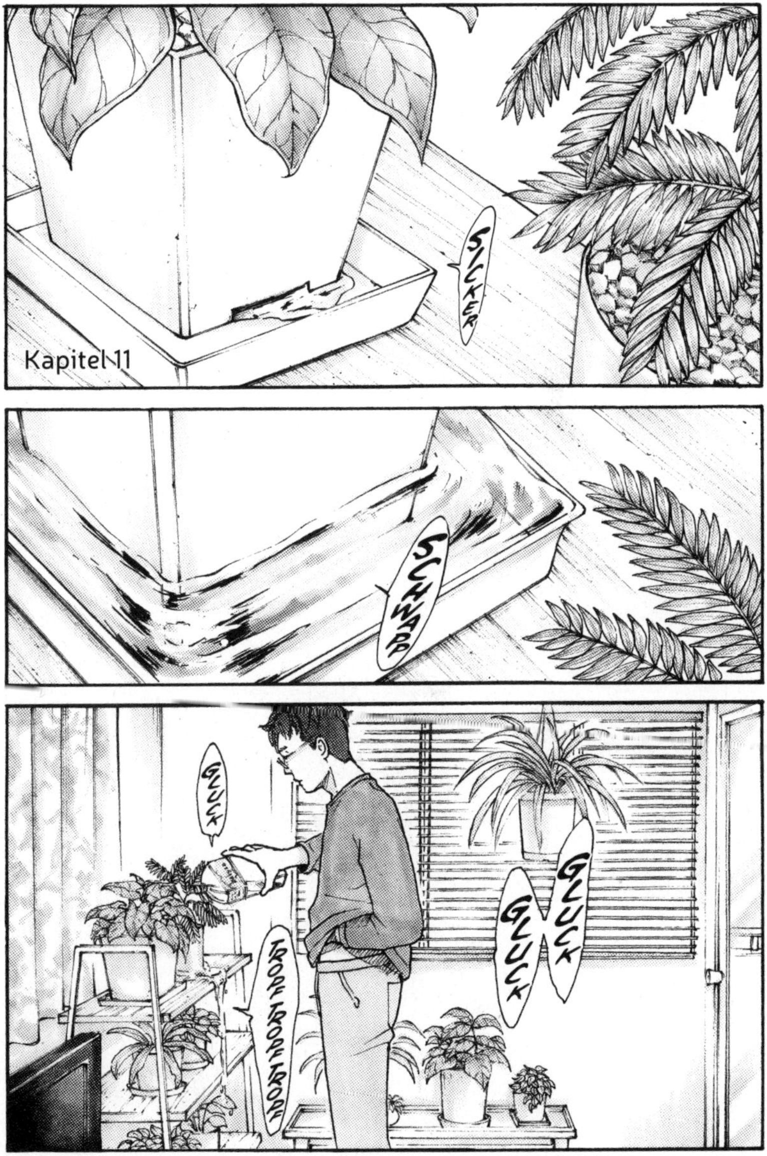
Kapitel 11
SICKER
SCHWAPP
GLUCK
GLUCK GLUCK
GLUCK
TROPF TROPF TROPF TROPF

Kapitel 11

天五中崎通商店街
おいでやす通り
WANN KOMMT SIE WOHL NACH HAUSE...
... EURE MAMA?
volvic
from France
ACH JA, ICH ALTE FRAU MUSS MIT 85 NOCH JEDEN TAG ARBEITEN!
OFT DENKE ICH, ES WÄR BESSER ZU STERBEN, ALS NIE EINEN TAG RUHEN ZU KÖNNEN!
BRUZZEL
250円
350円
450円
550円
ABER WISSEN SIE, WARUM ICH NICHT STERBEN KANN?
WEIL ICH KEIN GELD HABE, UM MIR EINEN STRICK ZU KAUFEN, HAHAHA!!

SO, BITTE, ZEHN STÜCK!!
MÖCHTEN SIE MAYONNAISE DAZU?!
JA, BITTE!
NEIN, DANKE!
DAS OSAKA-FEELING IN OSAKA IST ECHT KRASS!
KEINE MAYONNAISE?!
DAS HÄTTEN SIE MIR GESTERN SAGEN SOLLEN...
ABER SIE WAREN SO STOLZ AUF IHR OKONOMIYAKI!
UND...
... WAS IST JETZT DIE GUTE NEUIGKEIT?

HAFFHIAH...
ZIPP
HEISS! DAS HIER.
?
SEHEN SIE SICH DIE RÜCKSEITE AN!
CLUB RIVER
RIVER
DREH
神崎 葵
Aoi Kanzaki

DROP
TONK
ER IST EIN GIGOLO!
NAKAJIMA... AOI HAT ZUM SCHLUSS IN EI-NEM HOST CLUB GEARBEITET.
UND SEIN KÜNSTLER-NAME WAR AOI, MIT DEM SCHRIFTZEI-CHEN FÜR MALVE.

HÖREN SIE ZU...
WARUM AOI GESTORBEN IST...
... WELCHE EREIGNISSE ZU SEINEM TOD GEFÜHRT HABEN...
... DAS WISSEN DIE FRAUEN...
DIE, DENEN AOI VOR SEINEM TOD EINEN ANTRAG GEMACHT HAT.
LEIDER HABEN WIR BEREITS EINEN KÖDER VERLOREN...
... MIT DEM WIR DIESE ACHT FRAUEN ANGELN KÖNNTEN.
»EMI-CHAN«, SEINE KLEINE SCHWESTER, DIE EINZIGE, DIE SIE KENNT.

LEIDER IST EMI-CHAN...
»VERSCHWINDE VON HIER, DU HEXE!!«
... IHNEN AUS UNERFINDLICHEN GRÜNDEN FEINDLICH GESINNT.
FEINDLICH?
AH...
SIE MEINTE MICH MIT »HEXE«?!
HÄ?!
MICH HAT SIE JA WOHL KAUM GEMEINT!
ABER ICH VERSTEHE NICHT...
ICH KENNE SIE GAR NICHT GUT GENUG, ALS DASS SIE MICH HASSEN KÖNNTE...
EMI-CHAN HAT SICH AOIS HANDY ANGESEHEN.
ICH KÖNNTE MIR VORSTELLEN, DASS SIE DARIN...
... ETWAS GEFUNDEN HAT, DAS MIT IHNEN ZU TUN HAT...

NA?!
DIE SACHE IST SPANNEND GEWORDEN, ODER??
ZIPP
ICH WEISS NICHT...
ICH WÜRDE ES EHER BEUNRUHIGEND NENNEN...
JA, MAN MACHT SICH GEDANKEN, ODER??
DAS IST EINE ENTWICKLUNG, DIE AUCH UNTER DEM ERZÄHLERISCHEN ASPEKT INTERESSANT IST.
SENSEI ...
神崎葵
... DAS HIER IST MOMENTAN UNSER EINZIGER KÖDER.

ABER ES KÖNNTE SEIN, DASS EINE KUNDIN, DIE AOI...
... ALS HOST GETROFFEN HAT, ZU DEN ACHT FRAUEN GEHÖRT...
WIR SOLLTEN HEUTE ABEND ZU DIESEM HOST CLUB GEHEN!
KOIDE-SAN...
MÜSSEN SIE DENN NICHT ZURÜCK INS BÜRO?
Glica
PROMIST
CHINTAI

VOLLIDIOT! HAST DU NOCH ALLE TASSEN IM SCHRANK?! DU BESCH***ER BASTARD!
WAS SAGTEST DU DAMALS?! »EINTÄGIGE DIENSTREISE, BIS MONTAG-FRÜH«...
MUKODA-SAN... WIR HABEN AUTOREN HIER...
BITTE ACHTEN SIE AUF IHRE AUSDRUCKS-WEISE...
MITTLERWEILE BIST DU DREI TAGE UND ZWEI NÄCHTE WEG!
WELCHE ZEITRECH-NUNG GILT AUF DEINEM PLANETEN?!
DU VERF*** ALIEN!!
Du bist gefeuert!!!
GEFEU-ERT... ABER...
ES IST ETWAS UNERWAR-TETES PASSIERT ...
DIE ENT-WICKLUNG IST RECHT PIKANT...
Am Liebsten würd ich dich ins Klatschblatt versetzen, aber ich werde gnädig sein...

Akiba-san hat aus unerfindlichen Gründen eine Schwäche für dich…
… und möchte ihre Serie weiter von dir betreuen lassen.
WAS?!
Dafür musst du ihr Manuskript in Urawa abholen.
Morgen früh um acht, pünktlich, und wenn die Welt untergeht!
FOR
Asa
UM ACHT IN URAWA?
SELBST MIT DEM ERSTEN SCHNELLZUG BIN ICH ERST UM ACHT IN TOKYO…
MIT DEM BUS? DER SCHNELL-BUS?!
TACK TACK TACK
TACK
Deine Antwort?!
20:41
busyoyaku.net
73%
料金安い順
83件 条件変更
Nachtbus NP002
Expressbus Kansei -> Kann
Osaka-Umeda
23:50
Kulturhalle
6:20
ES GEHT NUR SO …!
EINVER-STANDEN!

Ach ja, heute hat jemand für dich angerufen…
… aber beide Male mitten im Gespräch aufgelegt!
Eine Idee, wer das sein könnte?
AH…
MIST, JETZT RUFT SIE SCHON IM BÜRO AN!
SORRY! EIN MISSVERSTÄNDNIS…
ICH KLÄR DAS.
Aber nein…
… es war ein Mann.

無料案内所
ENTER
ENTER
ENTER
ENTSCHULDIGUNG, DASS SIE WARTEN MUSSTEN.
ICH BIN FERTIG MIT TELEFONIEREN!

ICH BIN ÜBERRASCHT ...
... DASS SIE RAUCHEN!
ICH GESTATTE MIR NUR AB UND AN DIESES ERWACHSENE BENEHMEN.
BAR LOUNGE
SIND SIE VIELLEICHT NERVÖS?
WEIL WIR IN EINEN HOST CLUB GEHEN?
WORUM GING'S DENN IN IHREM TELEFONAT?
ÄHM... ICH WERDE AUF JEDEN FALL NICHT GEFEUERT, UND DANN...
... GAB'S NOCH EINE GUTE NACHRICHT, DIE DAZU BEITRÄGT...
»ES WAR EIN MANN.«

UND SIE? HABEN SIE...
... MIT IHREM MANN GESPROCHEN?
WAS? WORÜBER? DASS ICH RAUCHE?
NEIN, ICH MEINE...
... DASS SIE FÜR EINE RECHERCHE UNTERWEGS SIND...
HABEN SIE ETWAS ERWÄHNT?
KONK
ICH ERZÄHLE IHM IMMER ALLES!
WIR SIND SCHLIESSLICH VERHEIRATET!

GEHEN WIR?
BSCHHH
CLUB RIVER
GUTEN ABEND! ZU ZWEIT?
SIND SIE ZUM ERSTEN MAL HIER?
ÄHM, WIR SUCHEN EINEN BE-STIMMTEN MANN...
CLUB RIVER

SIE MÖCHTEN ALSO EINEN BESTIMMTEN HOST.
NEIN, ÄHM... WIR MÖCHTEN GERN...
... MIT JEMANDEM ÜBER IHN SPRECHEN, WEIL ER HIER GEARBEITET...
CLUB RIVER
AAAAH...
ER... DIESER MANN WAR NIE BEI UNS.
WAS?!
ABER, ÄHM, DAS HIER IST DOCH DER CLUB RIVER!
ICH HABE DIE ADRESSE ÜBERPRÜFT!

KEINE AHNUNG...
VIELLEICHT HAT ER DIE KARTE GEFÄLSCHT?
HÄ?
WOZU DENN DAS?
GUTEN ABEND!
HAAACH, HAB ICH DICH LANGE NICHT GESEHEN!
ES IST JAHRE HER, ABER SIE SEHEN IMMER NOCH GENAUSO JUNG AUS!
ICH HATTE SO VIEL STRESS, DASS ICH NICHT INS RIVER KOMMEN KONNTE! ÄTZEND!!
KANN ICH REO ANFORDERN?
KLAR!
DIE PRINZESSIN BEEHRT UNSEREN CLUB!

ÄHM... WÄHREND WIR IM CLUB ETWAS TRINKEN...
... KÖNNEN WIR REDEN, WORÜBER WIR WOLLEN, ODER?
MIT DEN HOSTS, MEINE ICH.
ICH KANN ABER NICHT VERSPRE-CHEN, DASS SIE ETWAS VON IHNEN ERFAHREN WERDEN.
ERSTBESUCH FÜR ZWEI PERSONEN BITTE!

Kapitel 11 / Ende

Kapitel 12

NEIN...
... WIR WISSEN NICHTS ÜBER IHN!
MACHEN SIE ES SICH BEQUEM!
GUTEN ABEND, ICH BIN SAKUYA!
HALLO, ICH BIN SEI!
CLUB RIVER
ICH HEISSE JURIYA!
ICH BIN ASAKI YUMEMISHI!!
CLUB RIVER
KEI
ICH BIN HAYATO!!
EIGENTLICH SUCHEN WIR...

... DEN HOST VON DIESER VISITEN-KARTE...
DEN KENN ICH NICHT.
BIST DU ZUM ERSTEN MAL HIER?
ÄH, JA!
OKAY...
DU BIST COOL! SPIONIERST DU FÜR EINEN ANDEREN LADEN?!
NEIN! ERINNERN SIE SICH NICHT EIN BISSCHEN?
AOI!! ER HEISST AOI!
NIE GEHÖRT?
ARBEITEN SIE...
... SCHON LANGE HIER, HAYATO-SAN?

ZIEMLICH LANGE! UNGEFÄHR DREI JAHRE.
WAS TRINKST DU DA?
OOLONG-TEE MIT WASSER.
WARUM KEINEN ALKOHOL ??
DU VERTRÄGST DOCH WAS, HAB ICH RECHT?
WENN ICH TRINKEN WÜRDE...
... WÜRDE ICH VIELLEICHT...
... DIE EINE ODER ANDERE FRAGE STELLEN.
UND ICH WÜRDE VIELLEICHT DAS EINE ODER ANDERE ERZÄHLEN...

BITTE EIN BIER FÜR DIE PRINZESSIN!
ÄH...
... KAJI-SAN?
S...SIND SIE SI-CHER?
SCHÜTT!
GLUCK
GLUCK
OOOOOH!
AUF EX!

...
ENTSCHULDIGUNG, NOCH EIN BIER BITTE!
VIELEN DANK!!
HÄÄÄ?
ÄH, HALLO?
GAHAHA, DAS MACHT SPASS!!
VERDAMMT... WENN SIE SO WEITERMACHT, WIRD DIE RECHNUNG ASTRONOMISCH!!
DIE AUSBEUTE AN INFORMATIONEN ÜBER »AOK«...
... WIRD HINGEGEN NULL SEIN.
KAJI-SAN, KAJI-SAN!

WOLLEN WIR NICHT NACH HAUSE GEHEN?!
ICH MUSS GLEICH NOCH NACH TOKYO ZURÜCK...
»MORGEN FRÜH UM ACHT HOLST DU DAS MANUSKRIPT AB, UND WENN DIE WELT UNTERGEHT!«
BEVOR DIE WELT UNTERGEHT, GEHE ICH UNTER!!
ICH WILL ABER NICHT!
ICH GEH NICHT NACH HAUSE!
DIESE FRAU...
... IST SUPERNERVIG, WENN SIE BETRUNKEN IST!!
NANANA...

WIE HEISST DU NOCH MAL?
RITSU!
RITSU, DANN BESTELL DOCH GLEICH EINE FLASCHE!
DIE LEEREN WIR DANN ZUSAMMEN!
ÄH, MOMENT, BESTELLEN SIE BITTE NICHT AUF EIGENE FAUST!
MEIN FREUND...
... WENN DIE PRINZESSIN TRINKEN MÖCHTE, LASS SIE DOCH!
WENN DU EINE FLASCHE AUFMACHST, DANN ERZÄHLE ICH EUCH WAS ÜBER DIESEN AOI.

SCHÜTT
AH!
BRINGT EINE FLASCHE !!
WIR ÖFFNEN EINE FLA-SCHE KYO-GETSU!
鏡月

WOW, RITSU, DU HAST EINEN GANZ SCHÖNEN ZUG DRAUF!
GLUCK GLUCK
ICH FRAGE GANZ DIREKT: BIS WANN WAR AOI HIER IM CLUB?
DIE FLASCHE KOSTET 10.000 YEN!!
WIE WAR SEINE ARBEITS-EINSTELLUNG UND SEINE BE-ZIEHUNGEN ZU DEN GÄSTEN?
ABER, ABER, NICHT ZU SCHNELL!
PRO FLASCHE EINE FRA-GE, KLAR?
ENTSCHUL-DIGUNG, ICH BRAUCHE VER-STÄRKUNG VON TRINKFESTEN KOLLEGEN!
KLING KLING KLING KLING KLING

ZUM WOHL...
GLUCK
GLUCK
GLUCK
GLUCK
...
KRASS! WIE EIN FRISCH GE-GESPÜLTER ABFLUSS!
A...ALLES OKAY?
EIGENT-LICH KANN ICH MEHR TRINKEN, ABER...
... GESTERN WURDEN BEI MIR POLYPEN ENTDECKT, DES-HALB MACHE ICH LANGSAM.
POLY-PEN?! HABEN SIE ZU VIEL GE-REDET?
NEIN, ZU VIEL GEKOTZT.
HAHAHA-HAHA!!
UHAHAHA-HAHAHA!!
AHAHA-HAHA!
HA-HA...

ANTWORT NUMMER EINS...
AOI HAT BIS APRIL DIESEN JAHRES HIER GEARBEITET.
ER WAR EIN HALBES JAHR HIER, SEIN UMSATZ WAR MITTEL.
EIN HALBES JAHR BIS APRIL...
WARUM HAT ER AUFGE-HÖRT?
HIER BEGINNT FRAGE ZWEI...

DANN NEHME ICH AUCH...
... KYOGETSU ON THE ROCKS!!
FLL
FLL
FLL
FLL
GLUCK
GLUCK
OOOOOOH!
KOIDE-SAN! DAS IST DER BESTE AUF-TRITT EVER!!
BITTE ÖFFNEN SIE DIE NÄCHSTE FLASCHE.
WARUM HAT AOI AUFGE-HÖRT?

DIESE FRAGE GEHÖRT ZUR NÄCHSTEN KATEGORIE.
HIER BEGINNT SIE...
50,000-
ピンク 70,000-
ブラック 90,000-
プラチナ
Iiiit's Showtime! Heute Nacht...
JA.
... hat Reo von einer wundervollen Prinzessin...
JA.
JAAA.
... 13 Flaschen wundervollen Champagner bekommen!
Ein um drei Tage verspätetes Happy Birthday!!

AH!
DAS HAB ICH MAL IM TV GESEHEN...

* -kun: Anrede für Jungs

Yes, yes, yes! Wundervoller Champagner!
One, two, one, two, merci, Champagner!
MOËT
CHAMPAGNE

LOS, LOS, WUN-DERVOLLE PRINZESSIN!
Zicke, zacke!
Zicke, zacke!

OKAY!
SAG MIR, WARUM AOI HIER AUFGE-HÖRT HAT!
DAS SAG ICH DIR GERN, WEIL DU SO GROSSAR-TIG TRINKEN KANNST!
AOI HAT EIN TABU DES CLUBS GE-BROCHEN.
ER HAT EINEM KOL-LEGEN DIE KUNDIN AUS-GESPANNT.

Kapitel 12 / Ende

Kapitel 13

Werbung/Angebot Haushaltshilfe

DU HAST DICH ZIEMLICH VOLLGEKOTZT, HAYATO-SAN.
WENN DU NICHTS VERTRÄGST, TRINK BES-SER NICHT, OKAY?

Zettel: Raucht hinterm Haus!

OH...
... REO-SAN!
SO EINE AUFREGUNG WEGEN 'NER FLASCHE MOËT? NIEDLICH!
ALSO, MEINE PRINZESSIN WARTET AUF MICH...
»FANG KLEIN AN UND BAU DARAUF ALLMÄHLICH AUF«...
KENNST DU DIESEN SPRUCH VON MEISTER NISHIKAWA ETWA NICHT?
ACH, SORRY...
ICH VERSTEH DIE Ü-30-JOKES IMMER SO SCHLECHT.

DAS IST NICHT GUT, DAS IST GAR NICHT GUT, KAJI-SENSEI!
ERSTENS HABE ICH KEINE ZEIT MEHR!
IN EINER HALBEN STUNDE GEHT DER LETZTE BUS!!
HUCH!
UND ZWEITENS... HABE ICH KEIN BUD-GET MEHR!
HÄ?
BEKOMMEN SIE DENN KEINE SPE-SEN?
N...
NATÜR-LICH NICHT, VER-DAMMT!
NEIN, ICH GLAUBE, ICH...
KOIDE-SAN...
... HABEN SIE DIE TOILETTE GESEHEN?
WAS...
DA WAR EIN LOCH IN DER TÜR!

ICH WEISS NICHT, OB DAS VON EINEM WEIBLICHEN GAST STAMMT.
ABER DAS HIER IST SO EIN ORT... ALKOHOL UND SEX...
IN DIESER FIEBRIGEN ATMOSPHÄRE TRITT MAN SCHON MAL EINE TÜR EIN.
NAKAJIMA WAR TATSÄCHLICH HIER...
... INMITTEN DIESES CHAOS AUS ILLUSIONEN...
... UND VERKAUFTE ERFOLGREICH TRÄUME, WIE UNS DIESER HOST ERZÄHLTE.
ER SPANNTE SOGAR EINEM ANDEREN EIN MÄDCHEN AUS.
WENN ER TRÄUME AUF SO AGGRESSIVE WEISE ANGEBOTEN HAT...
... DANN FRAGE ICH MICH, OB NAKAJIMA WIRKLICH DIE PERSON IST, DIE ICH KENNE.

JETZT HABE ICH ECHT LUST BEKOMMEN...
... MEHR ÜBER NAKAJIMA ZU ERFAHREN.
HABEN SIE NICHT DAS GEFÜHL, DASS DABEI NAKAJIMA AOIS WILLE AM WERK IST?
ALSO...
... ICH WEISS NICHT...
IST ES NICHT EHER DIE FIEBRIGE ATMOSPHÄRE DES HOST CLUBS?
KEINE SORGE!
ICH WERDE DIESEN TYPEN NICHT GEWINNEN LASSEN...!

HAYATO-SAN, WILLST DU ETWA ...
... SOGAR DEINE DUNKLE VERGANGENHEIT VERKAUFEN, UM ZU GEWINNEN?
EROBERN...
DAS MUSST DU MIR NOCH VERRATEN, BEVOR WIR ZURÜCKGEHEN...
NICHTS IST ZU DUNKEL, UM VERKAUFT ZU WERDEN...
UNTERSCHÄTZE LIEBER NICHT DIE HARTNÄCKIGKEIT EINES Ü-30!
... ODER EROBERT WERDEN.

OB ES UNS GEFÄLLT ODER NICHT, WIR HABEN NUR NOCH DREISSIG MINUTEN.
DA BIN ICH WIEDER!!
DAS HAT ABER LANGE GEDAUERT!
SORRY, GROSSES GESCHÄFT.
DIESER JOB SORGT FÜR EIN UNSTETES LEBEN.
OH, DAS GEHT MIR GENAUSO!
ÄHM... DA WIR KEINE ZEIT MEHR HABEN, FRAGE ICH GANZ DIREKT.
SIE HABEN EBEN GESAGT...
... DASS AOI IHNEN EINE KUNDIN AUSGESPANNT HAT...

DIESE FRAU, MIT DER AOI ZU TUN HATTE, WO...
SIE IST IMMER NOCH MEINE SUGAR-MOMMY.
»SUGAR-MOMMY« ...?
EINE FRAU, DIE MIT EINEM HOST EINE FESTE BEZIEHUNG HAT!
ICH DARF IN DIESEM MONAT AUF KEINEN FALL SCHLECHT ABSCHNEI-DEN.
ICH WEISS ZWAR NICHT, WARUM IHR EUCH SO FÜR AOI INTE-RESSIERT, ABER...
... EGAL OB ER AM LEBEN IST ODER TOT, ICH WILL IM CLUB GEWINNEN.
ALSO, WENN IHR MEHR WISSEN WOLLT, DANN IST DIE NÄCHS-TE KATEGORIE DRAN.

50,000-
70,000-
80,000-
100,000-
200,000-
KOIDE-SAN...
LASSEN SIE UNS AUS DER NÄCHSTEN KATEGORIE BESTELLEN!!
ICH ÜBERNEHME DIE HÄLFTE, WENN WIR WIEDER IN TOKYO SIND.
KAJI-SAN...
SORRY, ABER ICH KANN MEINE KARTE DIESEN MONAT NICHT NOCH MEHR BELASTEN!
ALSO...
... WAR'S DAS JETZT...
IHR KÖNNT AUCH ANSCHREIBEN LASSEN!
»ANSCHREIBEN«...?!
EIN HOST KANN DAS GELD FÜR DIE KUNDEN AUSLEGEN!
MEINE MUTTER SAGT: LEIH UND VERLEIH NIEMALS GELD...
... WEIL DAS FREUNDSCHAFTEN ZERSTÖRT!
WIR SIND KEINE FREUNDE.

DANN ERST RECHT NICHT!
ICH KANN MIR NICHT VON EINEM WILDFREM-DEN GELD LEIHEN...
OKAY, WIE WÄR'S DANN MIT EINEM PFAND?
PFAND??
ICH HABE NICHTS, DAS ICH VER-PFÄNDEN...
ROOO-OOLEX! ♡♡

ICH VERPFÄNDE SIE DIR FÜR 30.000.
AUF KEI...
OH, ABER...
... DAS IST KEINE DAYTONA...
OH, NICHT?
IDIOT! WEISST DU, WAS DIE GEKOSTET HAT?!
OBENDREIN HAB ICH KEINE GARANTIE DAFÜR, DASS ICH SIE ZURÜCKBEKOMME...
UHREN BRINGEN MIR FÜR MEINEN UMSATZ SOWIESO NICHTS.
FÜR MICH ZÄHLEN DIE FLASCHEN DIESES ABENDS.
ICH STELLE DIR DIE FRAU VOR, WENN DU MIR DAS GELD BRINGST UND ICH DIR DIE UHR ZURÜCKGEBE.

DIE FRAU, DIE AOI MIR AUSGESPANNT HAT.
Alle mal herhören!
Dom-Dom-Dom Perignon! Dom Perignon Pink!
Unser Hayato-san hier...
... hat einen Pinkdom, Pinkdom bekommen!
ALLES GUT.

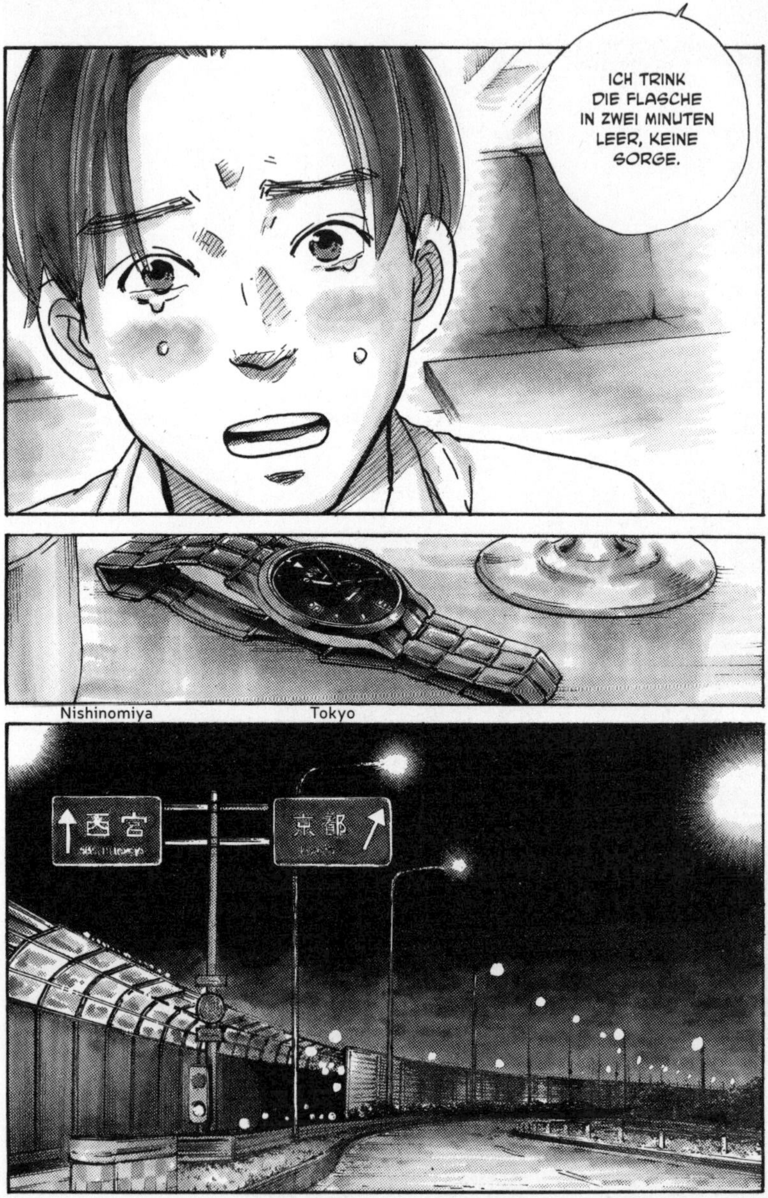
ICH TRINK DIE FLASCHE IN ZWEI MINUTEN LEER, KEINE SORGE.
Nishinomiya
Tokyo
西宮
京都

Gib mir meine Kohle zurück!

SIND SIE DENN GAR NICHT BETRUNKEN?
BEI DEM, WAS SIE ALLES IN SICH REINGESCHÜTTET HABEN!
UND JETZT ESSEN SIE NOCH KÄSESTANGEN!
ACH GENAU ...
... WAS HAT DENN DIESER DOM PERIGNON GEKOSTET?
HH
200.000 YEN HABEN SICH INNERHALB VON ZWEI MINUTEN IN LUFT AUFGELÖST.
OKAY, DAS TEILEN WIR UNS!!
SIE KÖNNEN BERUHIGT SEIN, ICH GEBE IHNEN DAS GELD ZURÜCK.
IN MONATLICHEN RATEN VON 2.000 YEN.
2.000 YEN...
IN 50 MONATEN ...
NA GUT, DIE AUSGABEN SIND SCHMERZHAFT, ABER...
... WIR HABEN JETZT JEDENFALLS EINE RICHTIGE SPUR!
JUST

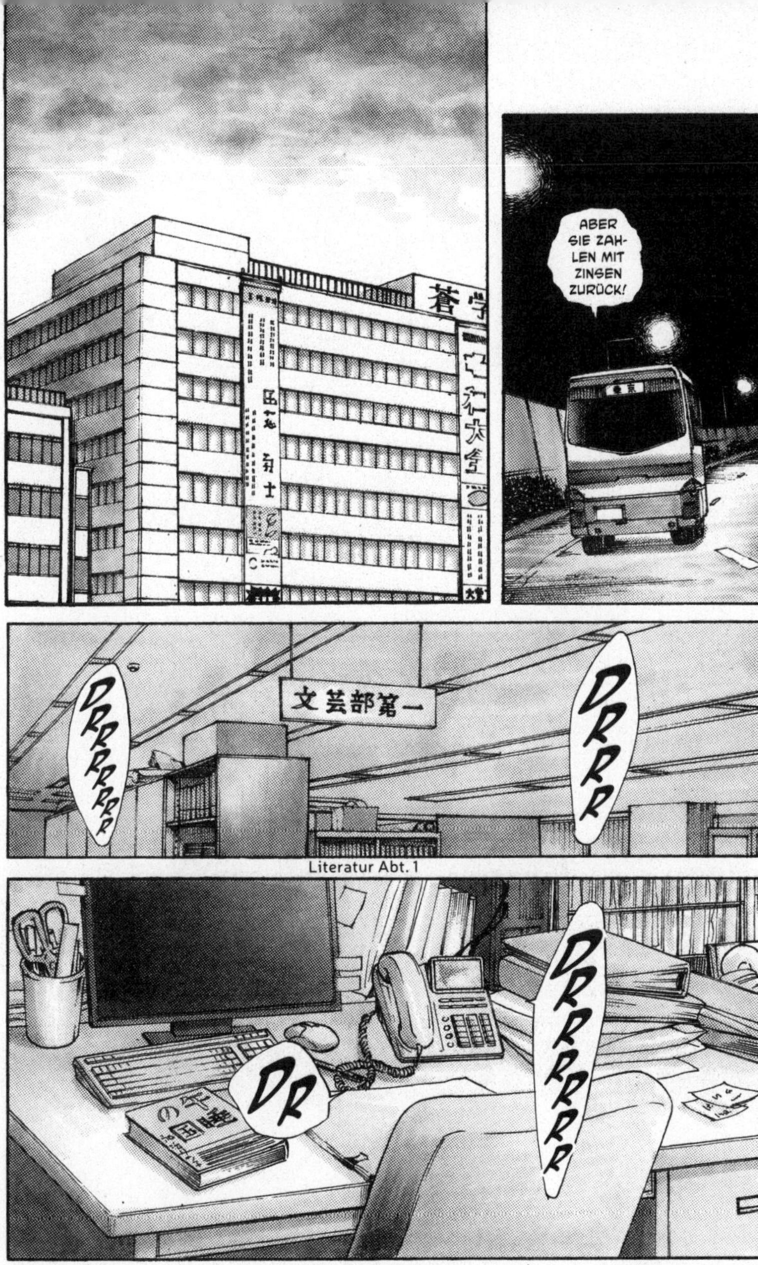
ABER SIE ZAHLEN MIT ZINSEN ZURÜCK!
文芸部第一
DRRRR
DRRRRRRR
Literatur Abt. 1
DRRRRRR
DR

Sogakukan Literatur-Abteilung 1, Redaktion, Shunpei Koide

Kapitel 13 / Ende

鮫洲試験場
Samezu shikenjo
EINE GRÜNE AMPEL ZEIGT AN...
鮫洲試験場
Samezu shikenjo
... DASS ALLE PKW SOWOHL GERADEAUS FAHREN ALS AUCH...
... LINKS ODER RECHTS ABBIEGEN DÜRFEN.
Kapitel 14
1
第1試験室
EXAMINATIONROOM

本免問題へ

Kapitel 14

ICH VERSTEHE DIESES JAPANISCH NICHT...
UND MAN MUSS MINDES-TENS 90 VON 100 PUNKTEN ERREICHEN, UM ZU BESTEHEN!
答用紙
氏名 かじ 加治
DIESE PRÜFUNG IST ZU SCHWER, WENN MAN GERADE MIT DEM NACHTBUS GEKOMMEN IST...
KLACK
BIN WIEDER D...
...
KLICK
Führerschein Samezu
Prüfungsraum

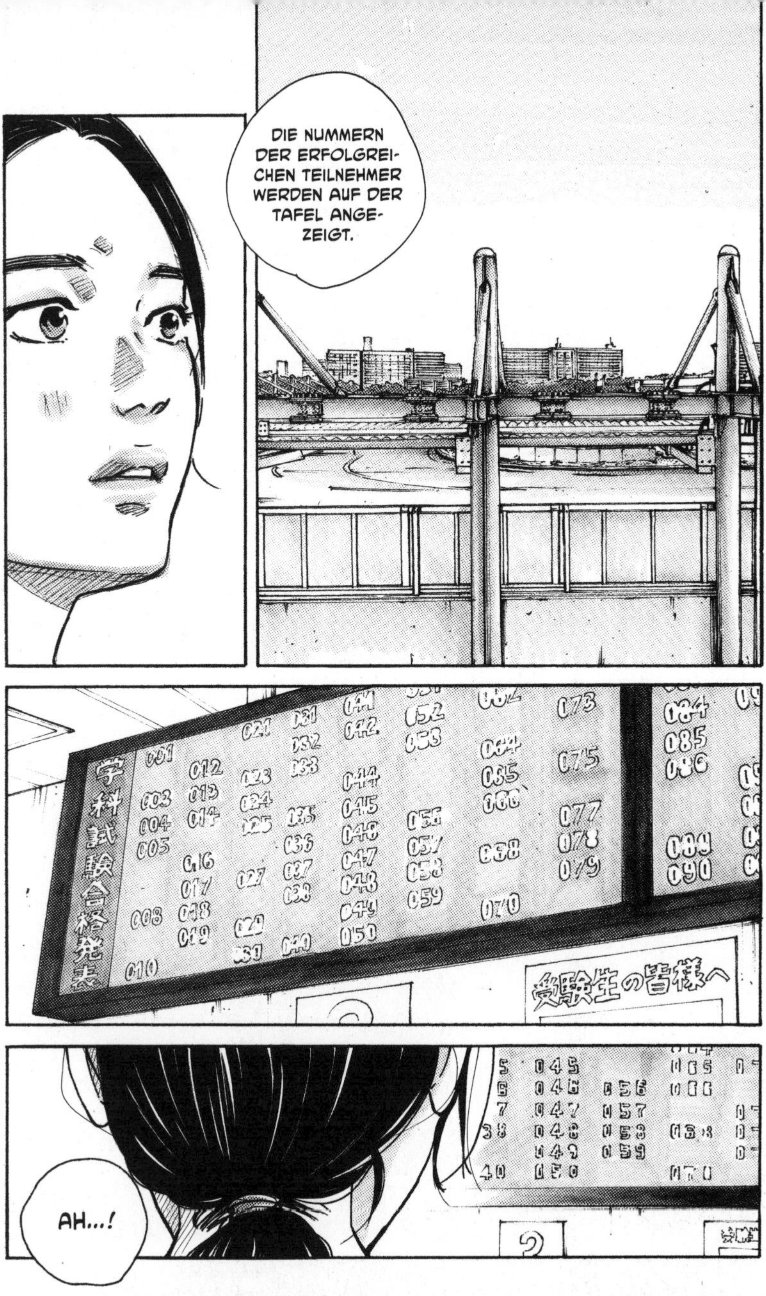
DIE NUMMERN DER ERFOLGREICHEN TEILNEHMER WERDEN AUF DER TAFEL ANGEZEIGT.
学科試験合格発表
受験生の皆様へ
AH...!

Führerschein Ritsuko Noda, 15.04.85

ABER EHRLICH GESAGT...
... DIESES MAL MUSS ICH MICH SELBST LOBEN!
HÄTTE NICHT GEDACHT, DASS DIE PRÜFUNG SO SCHWER WIRD!
RESPEKT FÜR ALLE FÜHRERSCHEINBESITZER!
HIHI... SIEHST DU MICH JETZT IN EINEM ANDEREN LICHT?
STIMMT, DU HAST JA AUCH EINEN!
NA JA, ICH WAR NOCH JUNG, DA WAR ES NICHT SO EIN DING.
IST SCHON ANDERS, DEN FÜHRERSCHEIN IN UNSEREM ALTER ZU MACHEN.
NEIN WIRKLICH, ICH BIN STOLZ AUF DICH!
ES MIT 30 MUTIG ZU VERSUCHEN UND GLEICH ZU BESTEHEN!

JA?
HEHE...
IST MAN MIT 30 SCHON SO ALT?
RITSU...
DAS FLEISCH IST DURCH!
SCHNELL, SONST WIRD ES ZÄH!
WAH, STIMMT! DANN MAL LOS!
GUTEN APPETIT!
JA, HAU REIN!
KÖST-LICH!!
HAST DU JEDE SCHEIBE EINZELN ZWI-SCHEN TOFU GELEGT, FUMI?
KLAR! DANN NIMMT DER TOFU DEN GESCHMACK BESSER AN!
HEISS... UHUMM!
SO LECKER ...
ÄHM, WARTE MAL!

RITSU...
DU WÜRZT EIN BISSCHEN ZU VIEL NACH!
IST DER GESCHMACK ZU FADE?
WAS?
NEIN, ES SCHMECKT TOTAL GUT!
WAS HAST DU DA AN DER NASE?

TIPP
ICH BIN IN OSAKA HINGEFALLEN...
VRRRR
OH... DEIN HANDY.
VRRRR
MUSST DU NICHT RANGEHEN, RITSU?
VRRRR
VRRRR
IST DAS NICHT DEIN REDAKTEUR?
Koide
VRRRR
KLACK
NEIN, WIR SIND DOCH BEIM ESSEN.

浦和
うらわ
AUSSICHTS-LOS.
KAJI-SAN!
SEIT WIR WIEDER IN TOKYO SIND, IGNORIERT SIE MICH KONSEQUENT.

»WOLLEN SIE AOIS GEHEIMNIS NICHT ERFAHREN?«
»WIR HABEN JETZT EINE RICHTIGE SPUR!«
DIESER RAUBTIERBLICK...
...
VRRRR
VRR!
AH!
MIST!
VRRRRRR!
JA, GUTEN TAG, HIER KOIDE.
JA, ICH WAR HEUTE BEI AKIBA-SENSEI!
NEIN, ICH BIN NOCH IN URAWA!
WARUM ICH DEN GANZEN TAG HIER WAR?

Literatur-Abt. 1

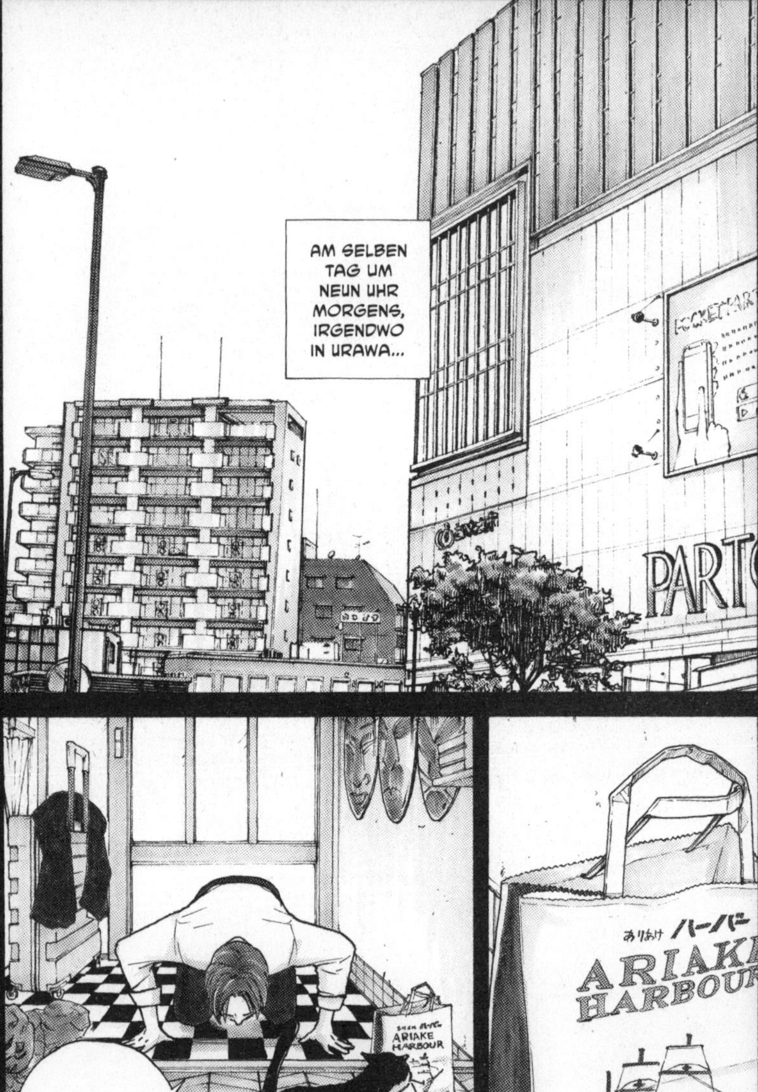
AM SELBEN TAG UM NEUN UHR MORGENS, IRGENDWO IN URAWA...
ARIAKE HARBOUR
ICH BITTE VIELMALS UM VERZEI-HUNG!!
ありあけ ハーバー

DIE HÖLLENPFÖRTNERIN AKA CHEFREDAKTEURIN MUKODA HAT MICH DAMIT BEAUFTRAGT…
… SIE HEUTE PÜNKTLICH UM ACHT AUFZUSUCHEN, DOCH…
… DA ICH NOCH MÜDE VON DER DIENSTREISE WAR…
… HABE ICH BEIM UMSTEIGEN DIE FALSCHE RICHTUNG GENOMMEN.
次は横浜
通話はご遠
Nächste Station: Yokohama/Bitte nicht telefonieren
DESHALB HAST DU IM ARIAKE HARBOUR EIN MITBRINGSEL AUS YOKOHAMA GEKAUFT?
JA, WO ICH SCHON MAL IN YOKOHAMA WAR!!

ICH WERDE DER GROSSEN HÖLLENFÜRSTIN NICHTS VERRATEN.
DU GEFÄLLST MIR.
WIRKLICH?!
JA, WIRKLICH.
HAHA!
WEISST DU...
... DASS SCHRIFTSTELLER EINEN HERZENSFAVORITEN BRAUCHEN?
WIRST DU DAFÜR AB HEUTE JEDEN TAG VORBEIKOMMEN...
... BIS UNSERE HERZEN SICH SO NAH SIND WIE DIE VON LIEBENDEN?

UND DAMIT WIR UNS ERST MAL KENNEN-LERNEN...
... BLEIBST DU SO LANGE HIER, BIS ICH DICH ENTLASSE?
...
WIE LANGE WIRD DAS DENN WOHL DAUERN?
HM, HEUTE?
NEIN, ICH MEINE... BIS SICH UNSE-RE HERZEN NAH GENUG SIND.
ARIUME HARBOUR
ACH, DIE »HEART-FUL DIS-TANCE«?
DAS HÄNGT VOM WILLEN UND DER TECHNIK DES BETREFFEN-DEN AB.
heute
Kaji-san! Es kann sein, dass ich etwa zwei Wochen mit einem anderen Job beschäftigt bin. (buhu)
KLACK KLACK KLACK
TIPP
あ か さ
た な は 空白
ABC

HATSCHI!
JETZT MUSS ICH TÄGLICH IN DIESES KATZEN-HAUS...
REIB
TROTZ MEINER KATZEN-ALLERGIE!
VRRRR
OH...
22:04
Message
Makilein♡
LINE
Hayato (Host)
WER BRAUCHT DIESE BEI-DEN...
DIT
»ICH STELLE DIR DIE FRAU VOR, WENN ICH DIR DIE UHR ZURÜCK-GEBE.«
CHANDON
Was so eine Rolex all aushält! ♡

WA...!
ROLE... MEINE... ROLE... MEINE!
ROLE ...
HATSCHI!
WAS, NACH OSAKA?
MIT DER BERÜHMTEN KAJI-SAN??
KENNEN SIE KAJI-SAN?!
NICHT SIE, ABER IHREN MANN...
ER WAR EINE ZEIT LANG MEIN REDAKTEUR.

DER GUTE ALTE NODA-SAN.
OB ES IHM GUT GEHT?
DIESER NODA-SAN...
WAS FÜR EIN REDAKTEUR WAR ER?!
WAR ER ENTHUSIASTISCH ODER EHER DER KÜHLE TYP?
HAHA!
NEIN, WEDER NOCH...
TATSÄCHLICH...
... WAR ER DERJENIGE, DER MIR BEIGEBRACHT HAT, DASS...
... DER REDAKTEUR DER HERZENSFAVORIT DES SCHRIFTSTELLERS IST.

WIR HABEN NUR KURZ ZUSAMMENGEARBEITET, ABER...
... ER WAR EIN HERVORRAGENDER REDAKTEUR UND DEN HERZEN SEINER AUTOREN SEHR NAH.
Koide
Message
Koide
Kaji-san!
KAJI-SAN IST ER WOHL ZU NAH GEKOMMEN, SODASS SIE EXPLODIERT IST...
IHR HERZ, IHR KÖRPER UND IHRE ROMANE.
ER IST SENSIBLER ALS JEDER ANDERE BEZÜGLICH DER DISTANZ ZUM AUTORENHERZ.

»ICH BIN IN OSAKA HINGEFAL-LEN.«
REIB
DU BIST DOCH IR-GENDWO DA, ODER?
NAKA-JIMA...
PUH...

Kapitel 14 / Ende

FUMI, ICH GLAUBE...
... DAS KANN ICH NICHT SO PLÖTZLICH!
ZUR FEIER EINE RUNDE FAHREN!
Carsharing
Kapitel 15
ICH BIN AUCH NOCH NIE NACHTS GEFAHREN!
HIER IST ES.
Timer
24
タイマー

Kapitel 15

Shibuya -> Takagicho/Achtung Baustelle!

HÄÄÄÄÄÄ?!
HUAAAAAAAH!
UAH. DIE ANDEREN FAHREN ALLE MEGA-SCHNELL!
UND ES IST SO DUNKEL, ICH SEH NUR DIE LICHTER!!
VERDAMMT, VERDAMMT, VERDAMMT!
BERUHIGE DICH, RITSU...
DU SITZT VIEL ZU NAH AM LENKRAD!

WO WAR DENN NOCH MAL DER BLINKER?!
DAS GASPEDAL BEIM MAZDA IST ECHT NICHTS FÜR MICH!
DU HAST DOCH IN EINEM ÄHNLICHEN FAHRZEUG GELERNT!
GUCK BITTE AUF DIE STRASSE, NICHT ZU MIR!
ICH HAB DICH SCHON LANGE NICHT MEHR MIT WEIT OFFENEM MUND GESEHEN!
DU BIST GERADE RICHTIG AUFGEREGT, ODER?
SCHÖN, DAS ZU SEHEN!
DAS SAGST DU SO GELASSEN, FUMI!
VIELLEICHT WERDEN WIR HEUTE STERBEN, DAS IST DIR KLAR, ODER??

DU HAST RECHT. TROTZDEM FÜHLE ICH MICH...
... SO LEBENDIG, DASS ES DAS MEHR ALS WETT-MACHT.
DANK DEINER MISERABLEN FAHRKÜNSTE, SO PARADOX ES KLINGT.
HAHA...
DAS STIMMT...
DU KANNST MIR DANKBAR SEIN, FUMI.

HUUUUD
SCHLITTER
WENN WIR IM JENSEITS SIND, BEDANKE ICH MICH SOFORT.
RITSU, WOLLEN WIR...
... AN DER NÄCHSTEN AMPEL DOCH LIEBER WECHSELN?
NICK
NICK NICK

ICH WUSSTE NICHT, DASS FAHREN...
... ALS ANFÄNGERIN SO SCHRECKLICH IST...
MEIN FÜHRERSCHEIN!!
ZUR BELOHNUNG HAT PAPS MIR SEIN AUTO GELIEHEN.
KOMM, LASS UNS BENZIN VERGEUDEN!
OB NAKAJIMA...
... KEINE ANGST HATTE?

VIELLEICHT WEIL ER JUNG WAR?
ODER, WEIL ES...
... ETWAS GAB, DAS NOCH SCHLIM-MER WAR?

RATT RATT
RATT RATT
RATT
RATT
Koide
小出
RATTER
KLACK
BLAMM
!!
PUH... BIN ICH FROH.
NIEMAND DA.

ICH BIN SO DERMASSEN KAPUTT…
»BIN ICH FROH, DASS DIE NERVIGE HÜNDIN IN IHRE HÜTTE ZURÜCKGEKEHRT IST!«
NGH!
DAS HAST DU GERADE GEDACHT, ODER??

ÄTSCHI-BÄTSCH!
KLEINES CHLORO-FORM-SPIEL!
FLATSCH
HIIII! KOI-SCHATZ IST TOT!
DABEI WAR ES NUR EIN TASCHEN-TUCH!
...

FLAPP
FLAPP FLAPP
TUT MIR LEID! ICH DACHTE NICHT, DASS DU UMKIPPST...
ICH WAR IMMER SCHON EXTREM SCHRECKHAFT!
FLAPP
STEH BITTE AUF, ICH ENTSCHULDIGE MICH AUCH!
MIR SIND DIE KNIE WEICH GEWORDEN!!
KLACKER
KLACKER
HÄ?! WAS MACHST DU DENN??
ICH DACHTE, VIELLEICHT STEHT JA WAS ANDERES...
HAH??

はHAAAHあ
DAS WAR MEGA! ♡
TIPP
WIE SCHÖN, DASS ES MIT DEM STEHEN GEKLAPPT HAT, NICHT WAHR, KOI-SCHATZ?
DAS NÄCHSTE MAL MACHE ICH ABER EINE SCHA-DENSMEL-DUNG!
ÜBRIGENS WEISS ICH BESCHEID.
DU WARST BEI EINER ANDEREN FRAU, STIMMT'S?

HÄ?!
ICH SAGTE DOCH, DASS ICH MIT EINER AUTORIN UNTERWEGS BIN...
NEIN, NOCH EINE ANDERE!
RUPF
DU RIECHST NACH IHR!!
SCHNÜFF
ICH RIECHE EINE ANDERE ALS RITSUKO KAJI.
OBEN-DREIN WILL SIE WAS VON DIR!!
»HERZENS-FAVORIT«...
HÄ?!
HÄ?! WARUM... WIESO...
ICH HABE EINE SUPER INTUITION!
WO IST EIGENTLICH DEINE RO-LEX??
MAI...
MAKI!
KANNST DU...
... DEINE INTUITION MAL BEI EINEM AN-DEREN SPIEL EINSETZEN?

DAS IST IHR VERSTORBENER FREUND AOI.
UND HIER...
妹
えみ
親友
加治
... SEINE KLEINE SCHWESTER EMI.
DANN ANDO, EIN FREUND VON BEIDEN UND KAJIS EX.
OKAY...
LAUT IHM HAT AOI NEBEN SEINER FREUNDIN NOCH ANDEREN EINEN HEIRATSANTRAG GEMACHT.
HMM...
ICH FÜHLE MICH ABGELENKT... ZIEHEN WIR UNS WAS AN?
ACH JA?

TOUK
ALSO, WELCHE DIESER PERSONEN...
... KENNT DEN WAHREN AOI...
... UND DIE WAHRHEIT ÜBER SEINEN TOD?
Schwester
Kennt alle??!
Saho
Emi
Hasst sie!
wahre Liebe
Schwester
Aoi (Nakajima)
Freunde
Ando
Freunde
Kaji
Ex
ehemalige Kollegen
Host
Sugar-Mommy
?
?
1
2
3
4
5
6
7
8

KOI-SCHATZ...
ES GIBT IMMER MEHR ALS EINE WAHRHEIT.
DU BEKOMMST GLEICH ÄRGER!
HÄ, VON WEM DENN?
VON MEISTERDETEKTIV BARLOW!
ABER IST DOCH SO, ODER?
EIGENTLICH IST SAHO-CHAN... SEINE WAHRE LIEBE, ABER...
... DU MUSST DEN FOKUS GLEICHZEITIG AUF DEN WEITESTEN PUNKT, UND DEN, DER AM NÄCHSTEN IST, RICHTEN.

JE WEITER EIN MENSCH VON DIR ENTFERNT IST...
... DESTO EHER ERZÄHLST DU IHM DIE KRASSESTEN SACHEN, STIMMT'S?
ABER ES FÄLLT SCHWER, JEMANDEN ANZULÜGEN, DER EINEM SEHR NAH IST.
DESHALB MUSST DU AN DIESEN BEIDEN ENDEN ANSETZEN.
MAKI... DU...
HUCH... DU BIST GANZ SCHÖN FIT, KOI-SCHATZ...
さほ
本命
妹
友人
安藤

Empfang
Absender: Atsushi Nakajima
Empfänger: Ich (Saho Mizoguchi)
Kein Betreff
20.09.2016
Bitte heirate mich.

午睡の国
加治
KLICK
KLICK
Kontakte
Suche
Kai Yumi
Kaji Ritsuko
Katayama Yuya
Kameda Keiichi
Kawamura Ma
Kitano Satoru
»SAHO-SAN«...
NUR UNTER UNS...
ICH GLAUBE, KAJI-SAN IST SCHULD ...
... DASS ONII-CHAN GESTORBEN IST.

Kapitel 15 / Ende

WIR SIND DA.
AM MEER.
Kapitel 16

Kapitel 16

KRASS, DER GANZE RAUCH...
DA SIND ECHT VIELE FABRIKEN.
WENN DU...
... DIE AUGEN SCHLIESST, HÖRST DU EIN GRUM-MELN...
ALS WÜRDE DAS MEER STÖHNEN, ODER?
OH, DA KAM GERADE EINE FLAMME AUS DEM SCHORN-STEIN!

STIMMT!
ES DRÖHNT...
REIN-GELEGT!
HE...Y...
MANN! ICH HAB MICH ER-SCHRECKT!
KOMM, WIR SETZEN UNS DA DRÜBEN HIN. ICH HOLE UNS KAFFEE.

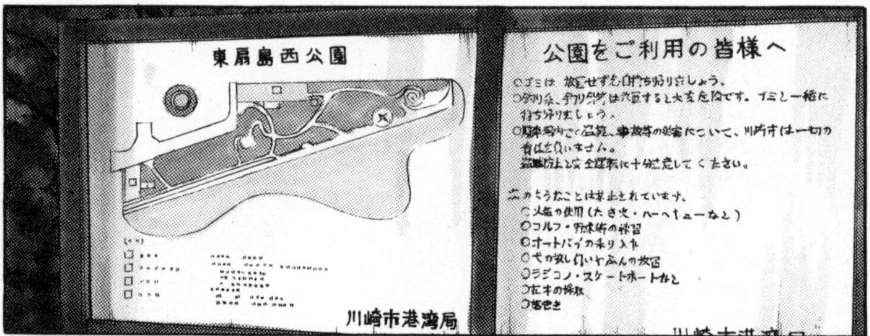

Infotafel/Higashi Ogijima Park/Kawasaki Hafenbehörde

DU...
HM?
OH, STIMMT. NUR NOCH LAUWARM.
WEISST DU, WARUM ICH...
... DICH VORHIN GEKÜSST HABE?
WEIL ES...
... MIR VORKAM, ALS WÄRST DU GAR NICHT HIER.
IERALD

SEI HIER, OKAY?

HAH...
ZWEITE RUNDE
HAH...
DAS WAR SCHÖN! ♡
VRRRR
VRRRR
VRRRR
HA! KAJI-SAN?!
RATTER
JA, HIER KOIDE!!
HEY, KOI-SCHATZ!

Hallo, ich bin's!...
HÄ?! WER? WENN DAS EIN BETRUG IST, FINDE ICH HERAUS, WER SIE SIND!
Guck aufs Display!
Hayato (Host)
Anruf
HAYA-TO, DER HOST!!
DU HAST MEINE ROLEX ER-TRÄNKT!!
Nanana, ganz ruhig! Es gibt Neuig-keiten.
Die gute oder die schlechte zuerst?
SPAR DIR DIE LAHMEN SPRÜCHE.
Gut, dann zwei Fliegen mit einer Klappe!
Meine Sugar-Mommy, die mit Aoi im Bett war...
... hat einen Anruf bekommen.

Gerade eben erst. Von »Aoi«.
HÄ? VON EINEM GEIST...
Ey, bist du bescheuert oder was?
Das bedeutet, dass es noch jemanden gibt, der etwas über Aoi herausfinden will...
Vielleicht aus seiner Familie oder so...
Jedenfalls jemand, der von Aois Handy aus anrufen kann.
Wenn ihr etwas unternehmen wollt, solltet ihr euch beeilen, oder?
妹
全員知ってる!??
えみ
嫌!!!
さほ
本命
妹
親友

MH...
FUMI...
JA.
DAS WAR LANG...
PATSCH
?
RITSU...

Lass es uns hier tun.
Es ist doch niemand da. Keine Sorge.
Was? Nein, das geht nicht.
TONK
GLUCK
GLUCK

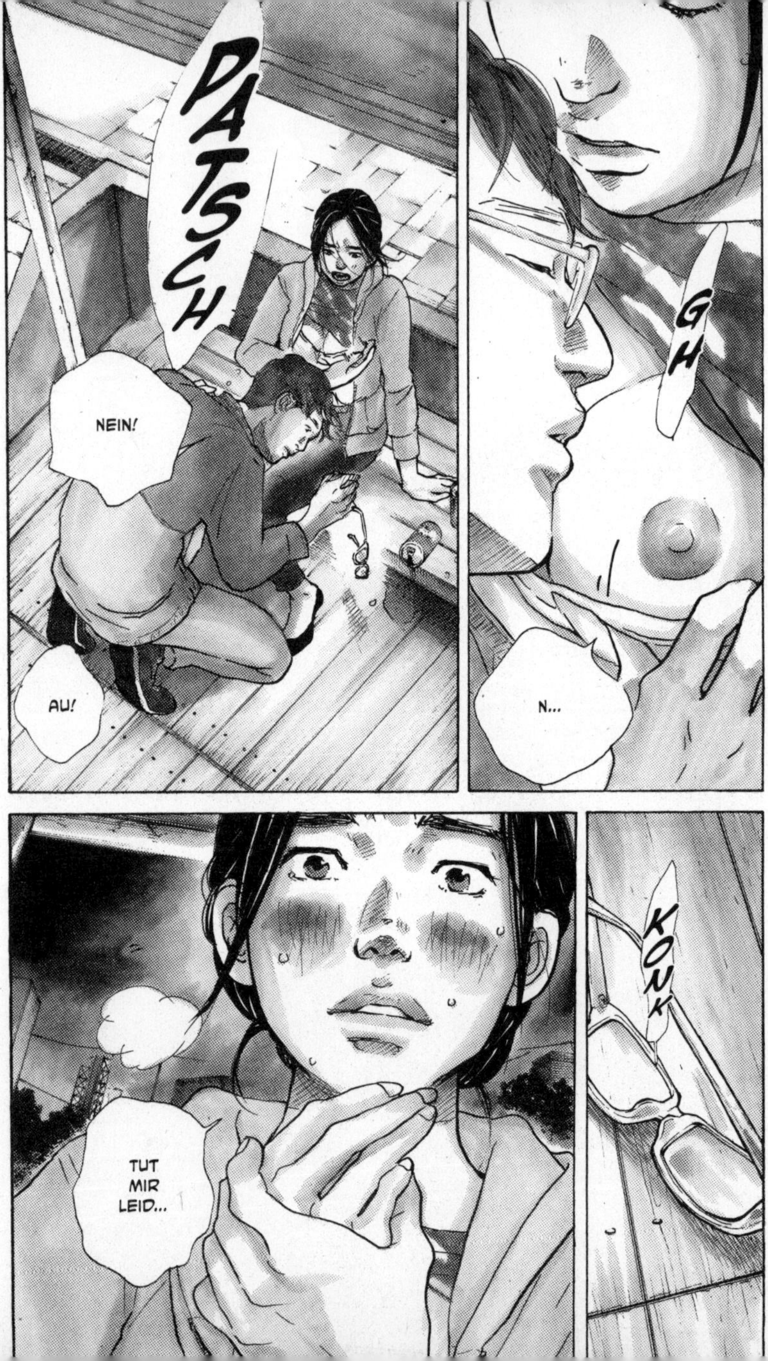
GH
N...
PATSCH
NEIN!
AU!
KONK
TUT MIR LEID...

KOMM, LASS UNS ZURÜCK-FAHREN!
RITSU...
... SCHLAG MICH NOCH MAL!

WAS REDEST DU DA? ICH WILL NICHT!
HEY...!
HH
HÖR AUF!
WAS IST LOS, FUMI?!
DATSCH
HH
SIEHST DU, DU MUSST MICH SCHLAGEN, SONST VER-GEWALTIGE ICH DICH.

!
DATSCH
GESCHLAGEN ZU WERDEN IST IMMER NOCH HUNDERTMAL BESSER!
DEIN GESICHT SAGT MIR IMMER, DASS DU NICHT HIER BIST.
DU BIST NICHT NORMAL, RITSU! DABEI SIND WIR DOCH VERHEIRATET!
PAMM

ICH KANN NEBEN DIR NICHT RUHIG SCHLAFEN!
ES KOMMT MIR VOR, ALS WÄRE ES DASSELBE, OB ICH DA BIN ODER NICHT, DAS MACHT MICH GANZ VERRÜCKT!
WENN ICH NICHT HIER BIN, HEISST DAS DOCH NUR...
... DASS HIER NICHT DIE RITSUKO IST, DIE DU SEHEN MÖCHTEST!
GIBT ES EINE NORM FÜR EHEPAARE?
DU BIST DOCH SELBST TOTAL UNNORMAL! WER CHECKT DIE FRUCHTBAREN TAGE SEINER FRAU?!

ICH WEISS, DASS DU ALKOHOL TRINKST!
WIR LÜGEN UNS DIE GANZE ZEIT AN!
WIR WOLLEN BEIDE JEMANDEN, DER HIER NICHT IST!
ICH HABE AUCH NICHT GEHEIRATET, UM MICH AM ENDE SO ZU FÜHLEN!

GENAU, RITSU!
DESHALB MÖCHTE ICH JA, DASS DU MUTTER WIRST UND ZURÜCK-KOMMST!
HH
HÖREN WIR AUF, FUMI.

HH
ES HAT KEINEN SINN MEHR...
ZISCH
PLITSCH

Kapitel 16 / Ende

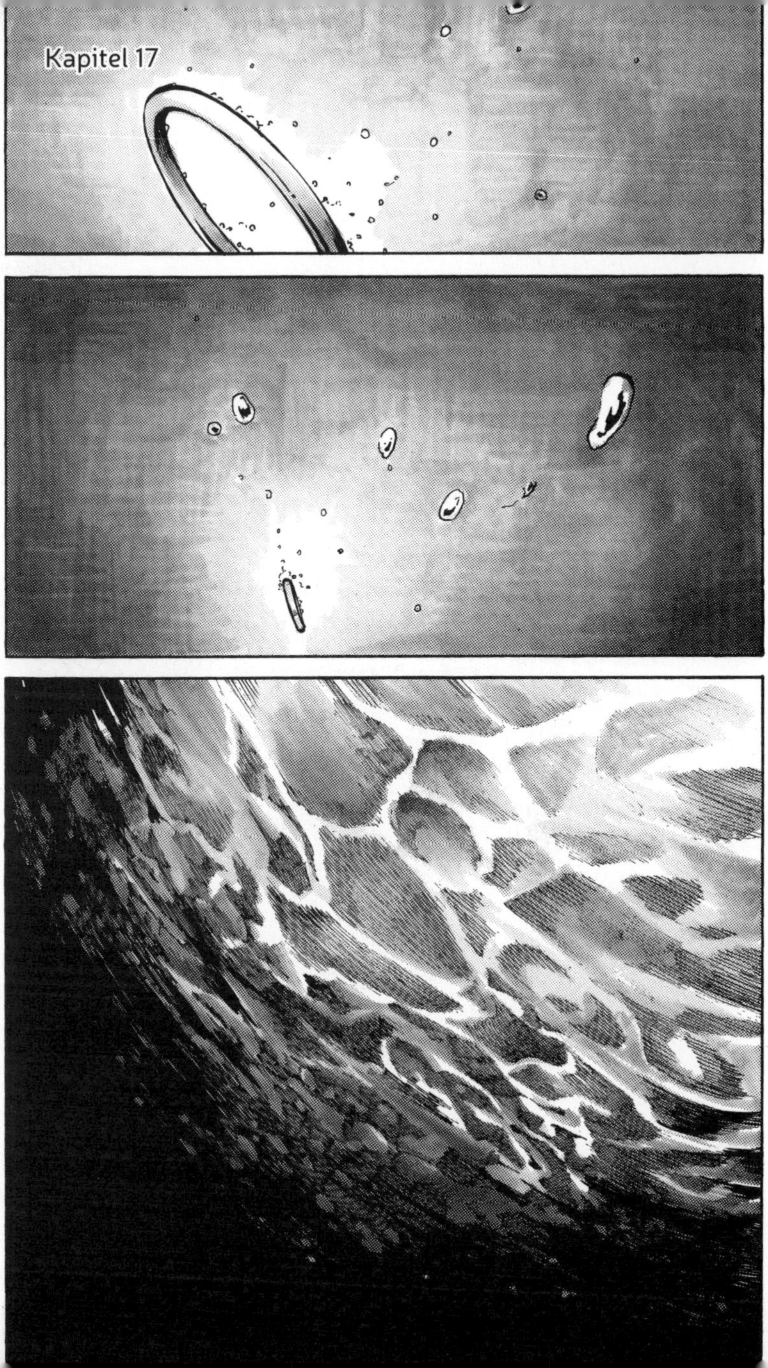
Kapitel 17

Kapitel 17

»ES GIBT NOCH JEMANDEN, DER ETWAS ÜBER AOI HERAUSFINDEN WILL«...
WER IST DAS?!
WER AUSSER UNS VERFOLGT SEINE SPUR?
DIDIDIDIDI
WER AUSSER DIR...
ICH FRAGE MICH, OB ES RITSUKO KAJI DAMIT WIRKLICH ERNST IST.
NATÜRLICH IST ES DAS!!
DANK IHRES FORSCHERGEISTS WURDE MEINE ROLEX GESCHÄNDET...
ABER SIE HAT DOCH IN DEM OKONOMIYAKI-LADEN GESAGT...

»VERLUST KANN MENSCHEN TÖTEN.«
ES NERVT ...
... WIE SIE SAGT, DASS SIE AOI AM BESTEN KENNT, ODER?
ICH GLAUBE, DIESE SELTSAME SICHT DER DINGE MUSS ERST BRÖCKELN...
... DAMIT RITSUKO ERNSTHAFT IHREN BLICK AUF AOIS WAHRHEIT RICHTET.
SCHLÜRF
HUCH?
HAB ICH EINEN SCHLECHTEN CHARAKTER?
WIE MAN'S NIMMT.
DIESER GEDANKE IST JEDENFALLS ZIEMLICH GUT...
DAS FLEISCH IST LECKER, ODER?

BUHAH!
HH!
SCHWAPP
HH!
SCHWAPP

HH!
FUMI...
HIER, FUMI...!
WUSCH
PUHAAAH!

SCHWAPP
SCHWAPP
HH
ICH MUSS...
... EINEN NEUEN RING KAUFEN!
SCHWAPP
HAHA...
FUMI, DAS MIT UNS HAT KEINEN ZWECK MEHR.
LASS ES UNS BEENDEN, JA?

UND DANN?
WAS MACHST DU, WENN DU DAS HIER BEENDET HAST?
DU HAST DOCH GESAGT, DASS ES EGAL IST...
... OB DU DA BIST ODER NICHT, UND DASS DU DAS NICHT WILLST.
WAS IN ALLER WELT WILLST DU DENN?
ICH WILL...
... EINFACH NUR MEIN EIGENES...
»IST DAS WIRKLICH DEIN LEBEN?«
... LEBEN... LEBEN...

ABER DAS...
HH
... KANNST DU NICHT, RITSU.
EGAL WO DU HINGEHST ODER WAS DU TUST, ES IST AUSSICHTSLOS.
OB DU EINEN ROMAN SCHREIBST...
... ODER JEMANDEN IN DEIN HERZ LÄSST, ES IST AUSSICHTSLOS.
DENN DU BIST SO UNFÄHIG...
... JEMAND ANDEREN ZU SEHEN ALS DICH SELBST, DASS ES SCHON LUSTIG IST.

IN WIRKLICHKEIT WEISST DU ES.
SOBALD ETWAS DIR GEHÖRT, LÄSST DU ES LOS.
WEIL DU ANGST DAVOR HAST UND ES NICHT MEHR AUSHIELTST, HAST DU MICH GEHEIRATET.
DESHALB WÄRE ES BESSER FÜR DICH, WENN DU EIN KIND BEKÄMST UND DICH SELBST...
... VERLIEREN WÜRDEST, DAMIT DU ENDLICH ZUR RUHE KOMMEN KANNST.
ICH HABE ALLES AUFGEGEBEN, UM DIR DAS ZU ERMÖGLICHEN, DESHALB WERDE ICH NICHT KAPITULIEREN.

ES IST ZU LAUT ...

DAS MEER DRÖHNT HIER WIRKLICH GANZ FURCHTBAR!

WAS?
SCHWAPP
AAH...
RITSU?
SCHWAPP
ZU LAUT...
ZU LAUT...

ICH MUSS...
... DU-SCHEN.
ICH MUSS DUSCHEN!
UUH...
MEINE HAARE SIND GANZ KLEBRIG.
HOTEL

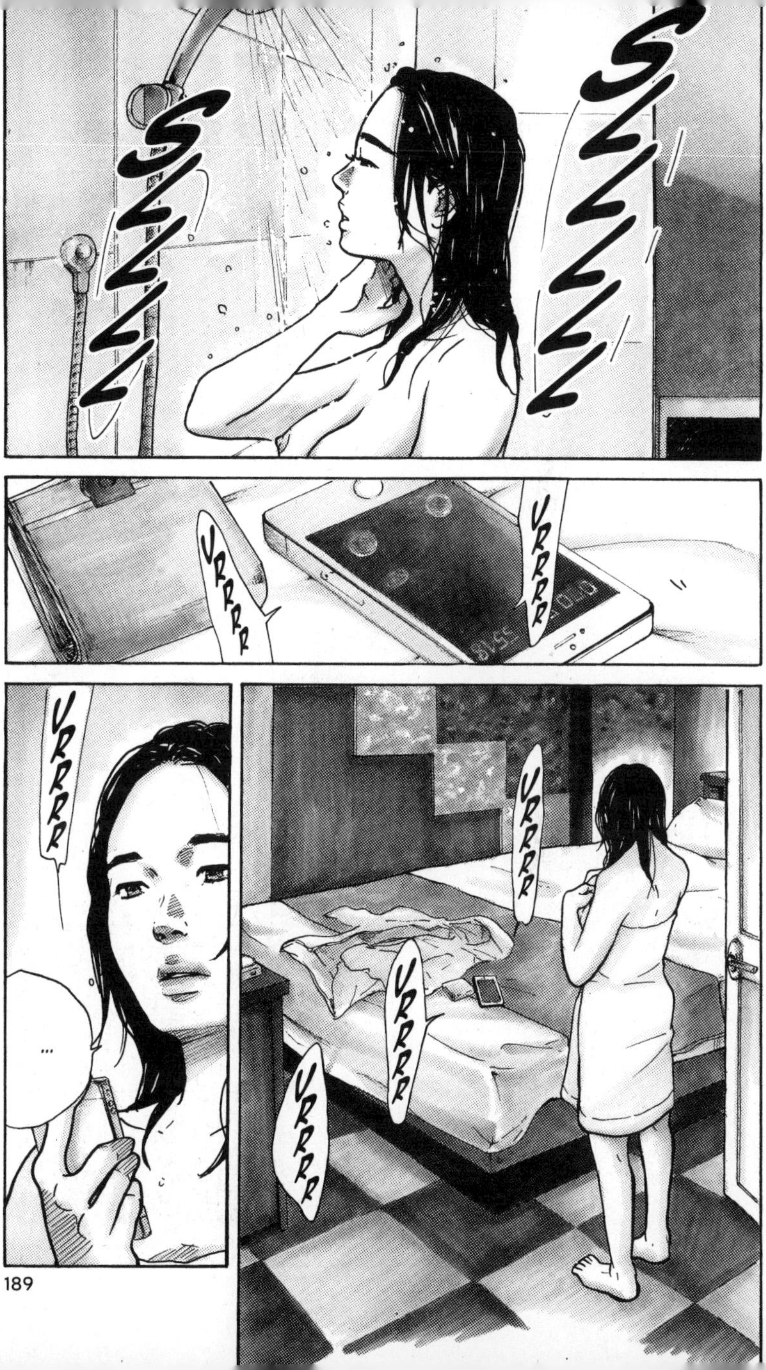
SLLLLL
SLLLLL
URRRR
URRRRR
URRRRR
URRRRR
URRRRR
URRRRR
...

SAHO?
DAS IST ABER LANGE HER!
IM MOMENT? NEIN...
ES SIND EIN PAAR DINGE PASSIERT...
ICH BIN ALLEIN IM LOVE HOTEL IN KAWASAKI.
UND DU?
GEHT'S DIR GUT?
Nein, natürlich nicht...

DOCH, MIR GEHT ES ER-STAUNLICH GUT.
ICH SCHLAFE UNHEIMLICH VIEL...
SO VIEL, DASS ICH NICHT MEHR EINSCHLAFEN KANN.
Haha!
Das nennst du gut gehen?
DU, RITSU-KO...
Es tut mir leid.
Es ist meine Schuld, dass Nakajima ge-storben ist.

MEINST DU, WEIL DU SEINEN ANTRAG ABGELEHNT HAST? DAS IST NICHT DEINE SCHULD.
DAS LEBEN IST... EINE ABFOLGE VON VERLUSTEN.
SAHO, ICH MUSS MICH VIELMEHR BEI DIR ENTSCHULDIGEN.
NAKAJIMA HAT MIR NÄMLICH GESAGT, DASS ER SICH IRGENDWANN UMBRINGEN WIRD.
ER HATTE GRÜNDE DAFÜR, MAN HÄTTE IHN NICHT DAVON ABHALTEN KÖNNEN...
VIELLEICHT KANNST DU DAS NICHT VERSTEHEN.
Doch...
... ich hätte ihn davon abhalten können.

Ich habe die einzige Hoffnung, die ihm geblieben war...
DARUM ERWARB ICH NICHTS, BAUTE KEINE BEZIEHUNGEN AUF.
... seine Chance, weiterzuleben...
... zerstört.
ES GAB EINEN EINZIGEN MENSCHEN...
WAS?
Ich habe es auf eigene Faust abgetrieben.
... DER DAS GENAUSO AKZEPTIERTE WIE ICH.
Das Kind, das Nakajima sich gewünscht hat.

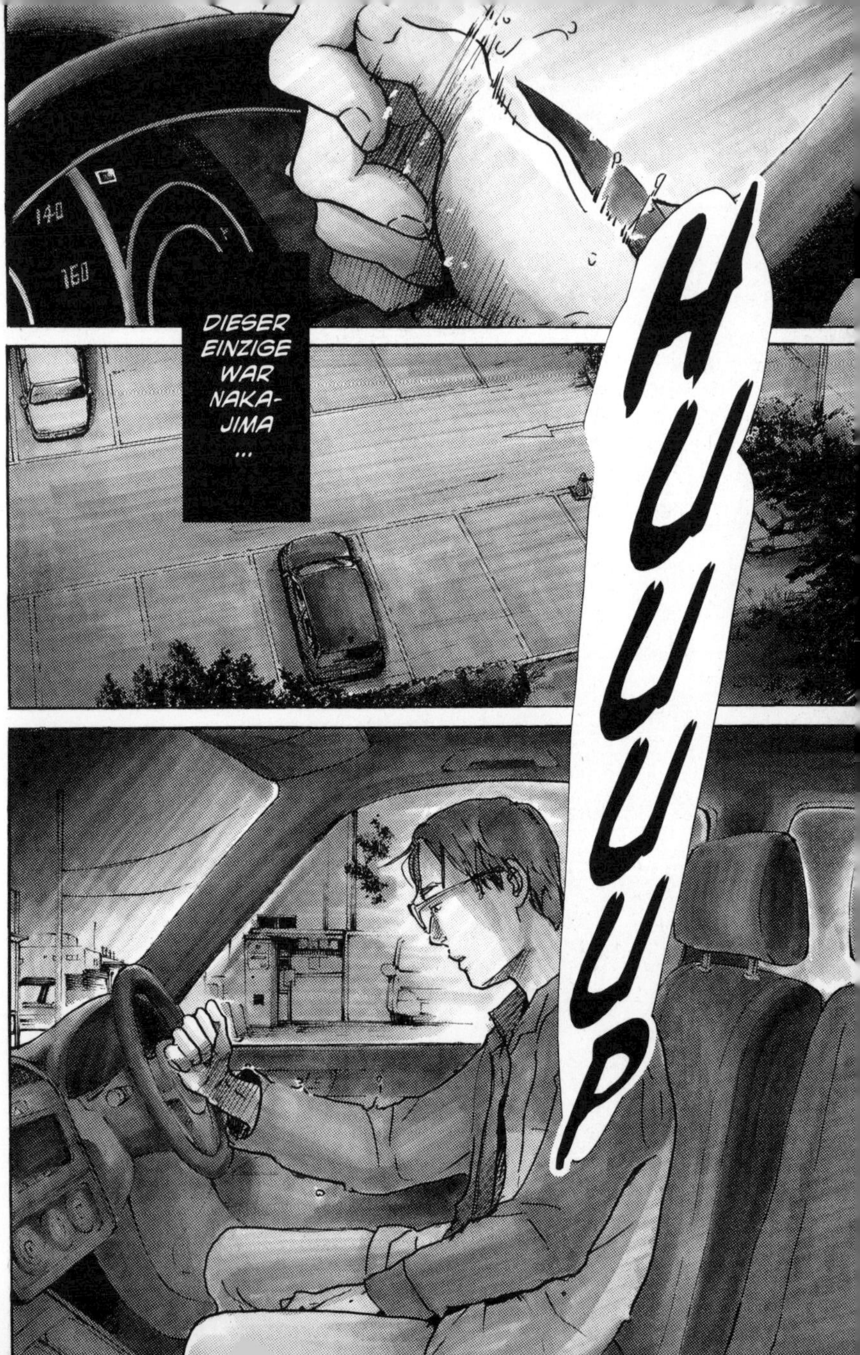
DIESER EINZIGE WAR NAKA-JIMA ...
HUUUUUP

NAKAJIMA HATTE EIN KIND...
ZUMINDEST DACHTE ICH DAS.
... MIT DIR?
DAS GLAUBE ICH NICHT...

Kapitel 17 / Ende

サターンリターン

Saturn Return

TUT MIR LEID...

Saturn Return

»Ich glaube, diese seltsame Sicht der Dinge muss erst zerstört werden, damit sie ernsthaft ihren Blick auf Aois Wahrheit richtet.«

3

Als Ritsuko Aois letzte Freundin trifft, beginnt sie sich zu verändern...

サタオサタオ

Folge den Wolken nach Nord-Nordwest

AKI IRIE

Top-Tipp (nicht nur) für Skandinavien-Fans!

Ein junger Japaner namens Kei Miyama lebt in Island und hat drei Geheimnisse: er kann mit Autos reden, er hat eine Schwäche für hübsche junge Frauen... und er ist Detektiv von Beruf! Ein verträumter Island-Krimi völlig neuer Art von Aki Irie!

Blue Flag
KAITO
1
CARLSEN MANGA!

サタインサタイン

Saturn Return

ist eine japanische Serie, und in Japan wird von hinten nach vorn umgeblättert und von rechts oben nach links unten gelesen. Wir wünschen spannende Unterhaltung!

Wir produzieren nachhaltig

- Klimaneutrales Produkt
- Papiere aus nachhaltigen und kontrollierten Quellen
- Hergestellt in Europa

FSC® www.fsc.org
MIX
Papier | Fördert gute Waldnutzung
FSC® C083411

CARLSEN MANGA

Völckersstraße 14-20 · 22765 Hamburg
Aus dem Japanischen von Antje Bockel
SATURN RETURN Vol. 2 by Akane TORIKAI

Original Japanese edition published by SHOGAKUKAN.
German translation rights in Germany, Austria, Liechtenstein and German speaking area in Switzerland, Belgium, Italy and Luxembourg arranged with SHOGAKUKAN through VME PLB SAS.
Original design: Jun KAWANA
Redaktion: Petra Lohmann
Textbearbeitung: Aranka Schindler
Produktionsmanagement: Derya Yildirim

ISBN 978-3-551-78569-5

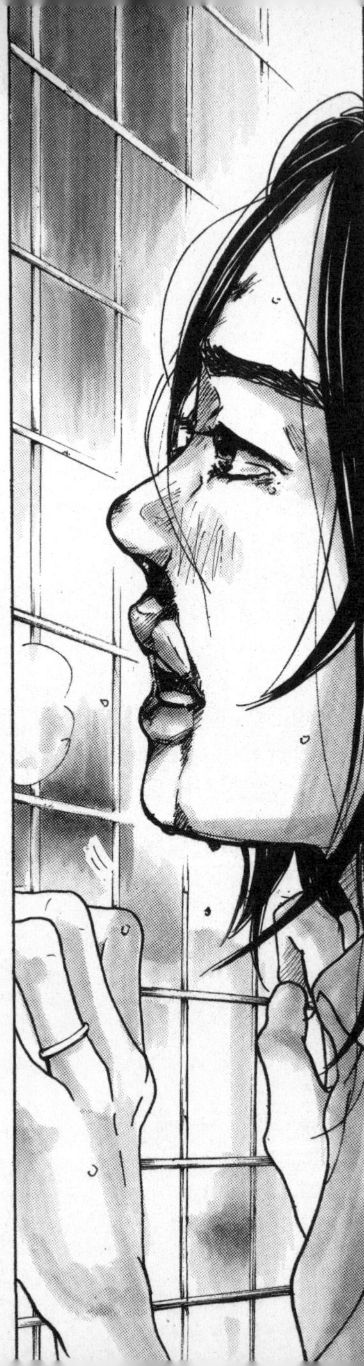